François De Bressault

L'Enfant Chouan

4

2015 François De Bressault
Edition : BoD – Books on Demand
12/14 rond-point des Champs Elysées, 75008 Paris
Imprimé par Books on Demand GmbH, Norderstedt,
Allemagne
ISBN : 9782322041640
Dépôt légal : octobre 2015

.

I.

Claude avait échappé de peu à la mort : il avait treize ans cette nuit de 1793 quand son ancienne nourrice s'était précipitée au château pour avertir la Comtesse du Plessis de l'arrivée au village d'une colonne de « Bleus », se dirigeant vers la demeure : il était urgent de faire fuir le prêtre réfractaire qui s'y cachait, une autre cache l'attendait dans une ferme de la forêt. La comtesse étant suspecte, son mari combattant dans l'armée vendéenne, on préféra cacher aussi le jeune garçon que sa nourrice emporta en chemise de nuit ... Ces craintes n'étaient pas vaines car les soldats de Turreau – que les chouans appelaient les « colonnes infernales » -, fous de rage de ne pas trouver ce qu'ils cherchaient, et ivres, se vengèrent sur la comtesse qu'ils violèrent à tour de rôle, puis ils l'étranglèrent. Ils n'auraient pas laissé l'enfant comme témoin …

Berthe, la nourrice, décida de garder l'enfant dans la ferme isolée où elle vivait seule avec son fils de cinq ans : son mari combattait avec les chouans et sa fille, sœur de lait de Claude, avait disparu, enlevée par les Bleus alors qu'elle gardait les moutons : violée, et sans doute morte … Pour égarer les soupçons, Berthe décida de faire passer Claude pour sa fille : les chouans des environs avaient eu connaissance de la disparition de sa fille mais ils ne diraient rien, et les bleus ne savaient même pas qui ils avaient violé …

Les deux enfants étant à peu près de la même taille, on affubla Claude des robes de Solange : ce fut pour le jeune garçon un peu difficile à vivre, mais il était trop conscient des dangers actuels pour ne pas l'accepter.

A treize ans il était heureusement resté très enfant de corps : mince, pas très grand, sa blondeur et la finesse de ses traits lui donnaient naturellement l'air d'une fille, d'une très jolie fille que ses robes informes n'arrivaient pas à enlaidir ...

II.

Quelques mois avaient passé et Claude s'accoutumait à sa nouvelle existence. Bien sûr, sa mère lui manquait, même si leurs rapports avaient été distants, l'enfant, après sa nourrice ayant été surtout confié aux domestiques.

Mais, au début, ce qui lui manquait le plus était son cadre familier, sa jolie chambre et son grand lit, ses livres, ses vêtements de garçon ... Il lui était arrivé, autrefois, lors des fêtes, d'être habillé en fille, car cela lui allait très bien, mais c'étaient de jolies robes de soie, et le contact sur sa peau était celui de légers jupons de dentelle ... Sous les regards des autres, il se trouvait joli et ces vêtements donnaient à son corps une liberté nouvelle presque comme dans les moments qu'il aimait tant, lorsqu'il était nu dans la baignoire du château. Mais, à la ferme, pour succéder à la chemise de nuit dans laquelle il s'était enfui, on lui avait donné une courte chemise de fil et un jupon de toile, les pieds nus dans des sabots : les vêtements de Solange. Comme il était un peu plus grand qu'elle, son jupon lui dégageait bien les jambes et ne le gênait pas trop pour courir. Il s'y habitua assez vite, et, comme on était en été, et qu'il fait chaud en Vendée, il apprécia d'être nu sous son jupon : cela était beaucoup plus agréable que ses culottes d'autrefois, même si elles étaient de soie ...

Le plus difficile fut de s'habituer à s'accroupir pour pisser, comme Berthe le lui avait bien recommander, pour ne pas se trahir

... Cela ne lui déplaisait pas, l'amusait même, mais souvent, il n'y pensait pas et commençait par relever sa jupe ; cela d'ailleurs lui rappelait qu'il était une fille, et il s'accroupissant aussitôt. A la ferme, cela n'avait d'ailleurs pas d'importance, Berthe et son commis étaient au courant, et Toinet, le petit de cinq ans, ne cherchait pas à comprendre et le prenait réellement pour sa sœur. Claude quittait la maison le moins possible, ou seulement pour aider dans les champs : il ne se risquait jamais au village, d'ailleurs à peu près désert après le passage des colonnes bleues ...

Il s'habituait à cette vie et travaillait surtout autour de la maison : il s'occupait du jardin, sous la conduite de Berthe, ramassait le bois mort, faisait des fagots ; il aidait aussi à la cuisine, comme une vraie fille. Tout cela était presque agréable car Berthe le traitait avec beaucoup d'affection. C'était un peu son bébé, celui qu'elle avait nourri, soigné, consolé, embrassé quand il était sage et fessé quand il ne l'était pas.

III.

Claude était aussi sensible à l'admiration de Toinet pour sa « sœur ». Il était sans doute un peu simple, mais toujours gai et espiègle, trop aux yeux de sa mère qui ne lui ménageait pas les taloches, ce qui surprenait Claude, habitué à d'autres sortes de correction : il était rare qu'on le punisse sur-le-champ, dans un mouvement de colère. Quand il était en faute, aussi bien sa mère que l'abbé qui lui servait de précepteur lui rappelaient sa faute puis, calmement, le fessaient, avec la main lorsqu'il était petit, et, plus grand, avec le martinet, ou, plus tard, avec la cravache ... En grandissant, presque plus que la douleur physique, il redoutait l'humiliation. Cela rendait le châtiment plus efficace.

« Pourquoi, dit-il à Berthe, ne feriez-vous pas de même à Toinet : cela lui ferait moins de mal que les coups que vous lui donnez sur la tête, et l'humilierait bien plus … »

Sans être convaincu, on essaya : Berthe attendit que sa colère soit passée, et expliqua à Toinet que puisqu'il se conduisait comme un bébé, il serait fessé comme un bébé …

Alors que, sous les taloches, il se raidissait et ne laissait échapper aucune plainte, la longueur du châtiment, et surtout l'humiliation de la fessée, le forcèrent à demander pardon et à supplier qu'on arrête, en promettant, comme un bébé, qu'il ne recommencerait jamais, jamais … L'expérience convainquit Berthe, et la conduite de Toinet s'améliora. Parfois Berthe demandait à Claude de corriger l'enfant : être fessé par sa grande sœur humiliait beaucoup Toinet, même si on le frappait moins fort, et cela le faisait demeurer sage longtemps. Au début, Claude l'avait fait pour rendre service à Berthe, mais il se rendit compte qu'il prenait du plaisir à dénuder l'enfant. Ce fut l'occasion de ses premières érections : il avait presque quatorze ans ... Et quand, une nuit, il se réveilla avec une sensation aiguë de plaisir, et tout mouillé, c'était après avoir, en rêve, fessé l'enfant ...

Le problème était qu'il n'y avait à la ferme qu'un seul lit pour les enfants, cela obligeait Claude à garder sa chemise de nuit, alors qu'il eût aimé être nu par ces nuits étouffantes ... Toinet avait beau être innocent, il ne fallait pas jouer avec le feu, d'autant que le petit venait souvent, au début de la nuit, se blottir dans ses bras.

Heureusement, Claude pouvait se baigner dans le petit cours d'eau proche de la ferme. Comme Toinet avait horreur de l'eau et quittait rarement la cour de la ferme, Claude pouvait se baigner nu comme il avait coutume de le faire dans l'étang du château. Il en profitait pour se laver, car à la ferme il ne disposait que d'un seau d'eau qu'il allait chercher au puits. Après le bain, il avait coutume de s'allonger nu au soleil dont la caresse provoquait un début d'érection que quelques caresses transformaient vite en jouissance. Finalement, il n'était pas malheureux et, de nature optimiste, il en venait à considérer que c'étaient des vacances : plus de soucis d'étude, plus de rang à tenir, plus de contraintes pour devenir un homme, puisqu'il était devenu une fille … Cela était reposant et il s'était habitué à être « une » Claude.

IV.

La guerre s'était éloignée et les colonnes de Turreau ne sévissaient plus dans le pays, même si parfois des groupes de bleus étaient signalés : on recommençait à sortir dans les champs et à s'aventurer au village. La vigilance se relâchait, et même Berthe n'hésitait plus à envoyer Claude faire paître les quelques moutons qui lui restaient : comme la sécheresse avait brûlé l'herbe autour de la ferme, il fallait aller plus loin chercher un peu de pâturage dans les vallons ombragés où s'était maintenue une certaine fraîcheur. Ce jour-là, le jeune garçon avait mené son petit troupeau près d'un ruisseau presque tari, mais encore bordé d'un peu d'herbe. Il s'était allongé à l'ombre et quelque peu assoupi ... il rêvait ...

Un jet d'urine le réveilla : un jeune soldat lui pissait sur le visage ; il voulut se lever mais deux autres le plaquèrent au sol, visiblement ivres. « Tenez-la bien, on va lui faire des petits chouans ».

L'enfant, dans un sursaut, essaya de se dégager, mais on le tenait solidement aux épaules. Celui qui l'avait arrosé saisit le bas de sa robe et découvrit sa nudité : « Nom de Dieu, c'est un garçon ! »

Tous regardaient effarés le sexe qui se dressait entre les cuisses de l'enfant ... Mais le plus excité se mit à rire : « Je m'en fous que ce soit une chouanne ou un chouan, je veux baiser ... Tenez-le bien, remontez-lui les jambes et ouvrez-lui le cul ! »

Deux soldats le maintenant aux épaules et deux autres lui prenant chacun une jambe et la tenant écartée, les cuisses rabattues le long de son corps, l'enfant était complètement immobilisé, ouvert sans défense. L'instant d'après, le corps du soldat s'abattait sur lui ...

Une douleur brutale, une sensation de brûlure et il avait perdu sa virginité. Ouvert sans défense aux assauts du membre qui le possédait, à demi étouffé par le corps qui le labourait au plus intime, jamais il n'avait éprouvé une telle sensation d'impuissance, il se sentait devenu une fille possédée de force, violée ... Très excité, le soldat se vida rapidement en lui, mais l'enfant n'eut qu'un court répit : un autre lui succéda, puis un troisième. Au dernier, ses reins ouverts ne lui faisaient plus mal et il commençait à ressentir au pus profond un début de jouissance, son sexe commençait à bander ...

Dégrisés et assouvis, les soldats s'en allèrent aussitôt et l'enfant demeura étendu, sa robe relevée le laissant nu, il n'avait plus la force de bouger, il n'en avait même plus le désir ... Il avait perdu toute volonté et n'aurait pas cherché à se défendre si on avait voulu le reprendre ... Il était soumis comme une fille, comme une putain ... Heureusement, les bêlements des brebis impatientes le ramenèrent à la réalité : il fallait les ramener avant que la ferme s'inquiète ... Surtout, que Berthe ne sache rien : elle ne se pardonnerait pas de l'avoir laissé partir aux champs, et l'enfant aurait eu honte qu'elle sache. Il se sentait tellement humilié d'avoir été forcé comme une putain et, à la fin, d'avoir éprouvé du plaisir. Non, il fallait que cela reste son secret : il voulait être seul à réfléchir à ce qui venait de lui arriver, et à comprendre ses réactions de fille ...

A la ferme, on était trop occupé pour remarquer quoi que ce soit : sa robe était d'ailleurs si usée qu'on ne voyait plus quelques accrocs supplémentaires.

Cette nuit-là, il eut de la peine à s'endormir, malgré la lassitude de son corps : il revivait son viol, et peut-être surtout le plaisir qu'il avait ressenti à la fin ... En y repensant, il bandait : eût-il été moins las, il se faisait jouir. Quelque diable le poussant, il s'enfonça un doigt dans l'endroit que l'on venait de déflorer et il se sentit jouir ... un mouvement, il poussa Toinet qui bougea, soupira, mais ne se réveilla point.

V.

Le lendemain, Claude put se laver dans le ruisseau : il se sentit purifié, mais, allongé nu au bord de l'eau, il ne pouvait empêcher les images d'hier de s'imposer, et, ce qui le troublait le plus, de sentir l'émoi de son corps à ce souvenir ... Même presque sans le vouloir, il replia ses cuisses le long de son corps offert dans la position où, hier, on l'avait possédé ... Il avait honte de son corps et ne se comprenait plus : était-il devenu vraiment une fille ?

Un bruit dans les roseaux : Berthe apparut ... Il se releva, honteux de la position où on le surprenait ... « Remets ta robe immédiatement. Tu n'es pas fou de te montrer ainsi ? On peut t'apercevoir du chemin et l'n verrait bien que tu n'es pas une fille ! »

L'enfant s'excusa : il faisait si chaud qu'il s'était baigné et il se séchait au soleil. Mais Berthe le bousculait tandis qu'il remettait sa robe : « Tu te conduis comme un bébé de deux ans. Puisque tu ne veux pas comprendre, je vais te faire obéir, tu vas voir ! » Elle l'entraîna vers ce qui avait été l'écurie du temps où l'on avait encore un cheval à la ferme. On le courba sur le chevalet où l'on mettait les harnais, on lui releva sa robe et l'on décrocha le fouet du charretier. Au premier coup, il failli crier : il n'avait pas reçu le fouet depuis longtemps et celui-ci faisait encore plus mal que la cravache de ses parents. Se mordant la main, il put tenir une quinzaine de coups sans se plaindre, mais ensuite, il ne put s'empêcher de gémir et bientôt, abdiquant toute fierté, il supplia comme un bébé : « Arrêt, je t'en supplie ... Je ne le ferai plus, je te le jure ... »

Le voyant maté, Berthe s'arrêta et il s'enfuit pleurer dans la grange. Il avait mal, et surtout il était humilié de n'avoir pu s'empêcher de supplier ... Il n'en voulait pas à Berthe dont il comprenait les craintes, mais à lui-même de s'être laissé surprendre nu ... Décidément il avait été imprudent et s'était laissé deux fois surprendre, même si aujourd'hui ce n'était rien de grave. Il éprouvait une curieuse sensation. A la maison, lorsqu'il était corrigé, il n'en éprouvait que la douleur et l'humiliation. Aujourd'hui, cela avait été différent : il avait eu très mal et aurait fait n'importe quoi pour que l'on cesse de le fouetter, mais en même temps, cette douleur même, et l'humiliation d'être fessé avaient ému son corps. Il avait ressenti une sorte de trouble plaisir. Décidément, depuis le viol, il ne se comprenait plus, l'humiliation, la soumission, la douleur même, tout devenait source de plaisir pour son corps. Il ne savait pas s'il devait en avoir honte, ou en remercier le ciel qui lui permettait de jouir de ses épreuves mêmes ... Sa confiance en Dieu lui faisait préférer la deuxième hypothèse.

Pour montrer à Berthe qu'il avait bien compris sa punition, en rentrant à la ferme, il l'embrassa, en lui demandant pardon. On l'embrassa fougueusement en retour ... L'enfant fut très joyeux toute la soirée et il jouit quand Toinet, à moitié endormi, se blottit contre lui ...

Pour bien montrer qu'elle lui pardonnait, Berthe lui donna la robe neuve de sa fille qu'elle avait soigneusement rangée au fond de son armoire. Bien sûr, ce n'était pas luxueux, mais en bon état et de couleur plus gaie ! Comme la précédente, et même davantage, faite pour une enfant plus petite, elle était courte et ne cachait pas les mollets de l'enfant : cela ne le gênait pas, au contraire, il pouvait mieux courir, et il avait moins chaud ! Le résultat, en tout cas, était positif, et faisait de Claude une très jolie petite fille ... Mais Berthe, pour qui Claude était toujours un bébé, ne s'en aperçut pas ...

VI.

La paix revenait lentement, et surtout, il n'y avait plus de soldats bleus plus ou moins contrôlés comme ceux qui avaient violé l'enfant ; sous l'autorité du général Hoche, la « pacification » n'était plus sanglante, ou peu. On se contentait de prendre leurs maigres ressources aux habitants qui restaient. Pour affirmer son autorité, le général décida d'envoyer un adjoint dans les territoires à peu près sûrs, en faisant étape dans les villages perdus dans leurs chemins creux et qui avaient été les plus difficiles à contrôler.

C'est ainsi qu'un détachement, commandé par un officier supérieur, arriva au village, et, faute d'autre local convenable, l'intendance décida que l'étape se ferait au château du Plessis. Pillé et laissé à l'abandon, il demeurait néanmoins habitable, surtout par les belles journées d'été. Mais il fallait tout nettoyer et remettre en ordre. Le commandement décida donc de réquisitionner le zèle patriotique des paysans : les rares hommes valides restés au village, des vieillards, s'occupèrent de dégager l'allée et le parc autour des bâtiments, les femmes furent requises pour nettoyer l'intérieur. Elles aideraient aussi à la cuisine, à puiser l'eau au puits, à entretenir le feu ...

Le sous-officier qui vint à la ferme réquisitionner Berthe et le vieux commis, obligea Berthe à emmener Claude avec elle : « Elle est propre et délurée, elle pourra aider au service ». L'enfant comprenait l'inquiétude de sa nourrice, mais pour lui cela l'amusait plutôt ... et il reverrait son château !

On commença par essuyer la vaisselle, celle qui avait échappé au pillage ... Puis l'aide de camp du commandant, voyant la finesse des mains de l'enfant et la sûreté de ses gestes, l'emmena dans la grande salle à manger pour mettre la table. Cela était étrange pour Claude de se retrouver en serviteur dans sa propre demeure.

Même à l'abandon et dévastés par le pillage, les salons restaient beaux et le regard de l'enfant leur redonnait la splendeur d'autrefois ... D'instinct, il mettait le couvert comme il l'avait toujours vu ... Cela aurait pu le trahir, mais les soldats qui étaient chargés de tout préparer, trop heureux de faire faire le travail par quelqu'un d'autre, en profitèrent pour aller boire un verre.

A son retour, l'aide de camp félicita ses hommes de leur travail. Ancien valet de grande maison avant la révolution, il savait apprécier le couvert. S'il fut surpris, il n'en dit rien, mais chercha du regard l'enfant qui se cachait modestement au fond de la salle. Lui faisant signe de venir, il lui dit qu'il aiderait au service qui allait commencer. Claude vit bien le danger d'être ainsi remarqué mais il ne pouvait se dérober. Et ce risque même lui plaisait. Il était aussi, curieux de voir ces homes qui avaient détruit tout ce qui avait été sa vie ... Il avait, dans son enfance, vu au château des officiers de l'ancien régime, mais tout cela était si loin !

VII.

Ce qui surprit le plus Claude fut l'âge du général : vingt-cinq ans peut-être, pas beaucoup plus. Ce qui l'étonna aussi, c'est qu'il avait de l'allure et ne mangeait pas avec ses doigts comme certains de ses officiers. Il savait boire aussi et ne vidait pas un verre de Chambertin comme une pinte de bière. Visiblement, il avait des usages.

Claude en était heureux : c'était moins humiliant de le servir. Attentif à ne pas faire d'erreur, l'enfant tarda à remarquer que le général l'observait, sans doute surpris de l'aisance de cette petite paysanne. Un instant, alors qu'un rustre l'attrapait pour ne pas l'avoir servi assez vite, leurs regards se rencontrèrent et l'enfant comprit que ce n'était pas seulement de la curiosité. Il baissa les yeux et sous sa légère robe de toile, ressentit sa nudité et l'émoi de son corps. Son cœur battait plus vite et il se sentait rougir.

Le repas s'achevait, la plupart des convives étaient ivres. Seuls quelques officiers et le général faisaient exception. Après avoir dit un mot à son aide de camp, le général se leva et mit fin au banquet. L'aide de camp vint à l'enfant et lui ordonna de le suivre dans la chambre du général pour préparer la couverture.

- Mais Berthe ?

- Ta mère est occupée à la vaisselle, ce n'est pas fini. Nous lui dirons de te retrouver à la ferme. Obéis ! C'est un ordre ! »

C'était la chambre de sa mère. Bien des choses manquaient, mais il la reconnut tout de suite même si dans son enfance il n'y était rentré que rarement, et souvent pour y être corrigé !

- Je descends chercher le citoyen général, tu ne bouge pas d'ici et tu l'attends ! »

Cette fois, il allait jouer sa vie, ou au moins sa liberté : il n'était pas assez innocent pour ne pas deviner ce que l'on attendait de lui. Quand on verrait qu'il était un garçon, qu'allait-il se passer ? De toute façon, il n'y pouvait rien, et il fit une courte prière. Pour s'occuper, il alla ranger le cabinet de toilette et vit qu'il restait quelques flacons de parfum dont il se servit. Au moins,, il ne sentirait pas la cuisine. Il trouva aussi un pot de crème, et s'en enduisit au plus intime. Tout pouvait arriver !

Le citoyen général le surprit alors qu'il se regardait dans le miroir. « Toutes les mêmes, les filles, tu n'as pas souvent l'occasion de te voir dans un grand miroir ? C'est vrai que tu es mignonne, acheva-t-il en l'embrassant. Mais tu seras plus jolie sans ta robe ! »

Il commença lentement à en remonter l'ourlet ... L'enfant tremblait ... Tout allait se jouer. On prit cela pour de la pudeur : « Calme-toi, je ne vais pas te manger ! » On s'arrêta le temps d'un baiser, mais, l'instant d'après, pressé d'en finir, on releva la robe complètement ... Jamais l'enfant n'avait éprouvé une telle honte, une telle peur, et cependant il était en érection. Il sentait le regard sur son ventre, il n'osait pas bouger. Quelques secondes mais qui lui parurent éternelles. Un éclat de rire le libéra, une main s'empara de son sexe et le tira vers le lit. « On va bien voir au lit si tu vaux une fille … ».

On acheva de le débarrasser de sa robe et, approchant un flambeau, on l'examina en détail. « Tu es plus joli qu'une fille et tu n'es pas un paysan. J'avais bien deviné à te voir servir que tu étais un aristo, mais vraiment tu avais bien l'air d'une fille. »

Il s'assit sur le lit et attira l'enfant sur ses genoux : « N'aie pas peur, si tu es docile, et fais tout ce que je voudrai, je ne dirai rien, et tu pourras continuer à te cacher jusqu'à ce que tout soit complètement fini. C'est pour bientôt … d'accord ? » L'enfant fit oui de la tête : « Je ferai tout ce que vous voudrez … » « Attends-moi allongé sur le lit. »

Le général se déshabilla dans le cabinet de toilette et usa des mêmes parfums ; lorsqu'il revint dans la lumière des flambeaux l'enfant admira son corps musclé et bien proportionné : il avait de la chance ... On caressa l'enfant avec douceur, presque avec tendresse, puis on prit dans la bouche un sexe déjà en érection, mais qui se durcit encore. Une main se glissa sous ses fesses et le caressa au plus intime, puis le pénétra facilement ... Cela parut surprendre :

- Tu n'es plus vierge !

- J'ai été violé par vos soldats.

- C'est pour cela que tu tremblais quand je relevais ta robe, tu revivais le viol ...

- Non, ce n'était pas pareil : vous ne m'avez pas arraché brutalement mes vêtements, vous ne m'avez pas battu. J'avais seulement peur de votre colère en me découvrant garçon ! Je n'ai pas peur que vous me preniez, au contraire, cela effacera le souvenir du viol. »

On le regardait avec curiosité : « C'est toi, le chouan, qui me dit cela. Cela ne te fait vraiment pas honte d'être pris comme une fille par un ennemi ? »

L'enfant eut un petit sourire :

- Après l'humiliation d'être forcé par quatre soldats ivres qui cherchaient à me faire le plus de mal possible, rien ne peut me faire honte. Mais, avec vous, je ne me sens pas humilié : vous me traitez doucement, vous n'êtes pas un sauvage et si vous voulez me prendre, c'est parce que vous avez envie de moi, pas pour me faire souffrir et m'abaisser ... » Et, en se serrant contre lui : « Prenez-moi, je n'ai pas honte d'être une fille avec vous ... »

On ne refusa pas : lui relevant les jambes, on le caressa, insistant au plus intime, puis doucement, on le prit ... L'enfant ne put s'empêcher de gémir mais on ressortit rapidement, pour le reprendre ensuite ... Son corps se détendait, et bientôt il n'eut plus mal. Il fermait les yeux, se sentait possédé au plus profond, son plaisir croissant au rythme du sexe qui le labourait de plus en plus fort, de plus en plus loin. Il avait l'impression de s'ouvrir au plus intime de son corps, au plus profond de son âme, totalement aliéné. Quand enfin le sperme s'échappa de son sexe, presque en même temps que celui qui le possédait, il avait l'impression que c'était au plus loin de ses reins qu'il venait de jouir !

Il lui fallut quelques instants pour reprendre conscience : on le regardait amoureusement : « Tu es vraiment une fille, mais je t'adore.

Autrefois, je t'aurais emmené avec moi à l'armée … Mais la vertu républicaine ! Il n'est pas très tard, ta soi-disant mère doit être encore à la cuisine, ou vient de rentrer. On ne s'apercevra de rien : mon aide de camp va te reconduire à la ferme, je ne veux pas que tu fasses de mauvaises rencontres. Tu m'appartiens un peu maintenant ! » On appela l'aide de camp qui veillait à la porte de la chambre : « Reconduis-le et veille sur lui ! » L'enfant repassait sa robe, et l'on ajouta : « N'oublie pas que c'est une fille ! »

Comme l'enfant regardait une dernière fois la chambre, le général comprit : « Tu connaissais cette chambre ? » L'enfant sourit tristement : « C'était celle de ma mère. »

VIII.

Le lendemain, le général et sa suite quittèrent le village et la vie continua mais Claude avait plus de peine à supporter son environnement : un instant il avait retrouvé, même ruiné, le cadre de son enfance et, même si cela avait été en serviteur, il avait retrouvé un dîner d'autrefois. Et la chambre de sa mère ! Cela lui paraissait étrange d'avoir été pris comme une fille sur le lit où sa mère avait dû, souvent, faire l'amour ! C'était un souvenir étrange, mais pas un mauvais souvenir. Et il aurait bien suivi comme page celui qui l'avait si bien fait jouir, et se comportait en gentilhomme … En devenant plus adolescent, sa vie à la ferme lui pesait d'autant plus que le danger s'éloignait, la paix revenue. Il lui tardait d'avoir des nouvelles de son père qui, peut-être, n'était pas mort à Quiberon comme on le croyait. Si son père revenait, on pourrait sans doute revenir au château qui n'avait pas été vendu, et, même pillé, il avait pu voir qu'il était resté habitable. Après tout ce qu'il avait connu, cela lui paraissait un rêve.

IX.

Et, un jour, le rêve se réalisa, mais, comme souvent les rêves, dans des circonstances qu'il n'avait pas imaginées. Ce fut Berthe, moitié riant, moitié pleurant, qui lui apprit le retour de son père, mais sur une civière, amputé des deux jambes et devenu un vieillard. Un jeune abbé veillait sur lui, ancien aumônier de l'armée catholique et royale, qui ne le quittait plus ... Le Comte du Plessis retrouva ce fils de près de quinze ans avec indifférence, surpris de le voir habillé en fille et si joli : « Tu ressembles à ta mère ... Si tu as le même succès qu'elle ! Berthe m'a raconté son viol et sa mort. Morte de

ce qui l'avait toujours fait vivre ! »
« Les voies du Seigneur sont
mystérieuses ! » Conclut l'abbé.

Ce fut ce dernier qui dirigea
tout : on installa le Comte dans une
chambre du rez-de-chaussée
donnant sur la terrasse : on pourrait
ainsi le transporter dehors
facilement par la porte fenêtre. Lui-
même prit l'ancienne chambre du
Comte au premier étage et fit
installer Claude dans la chambre de
sa mère, au même étage. Il demanda
à Berthe de devenir l'intendante de
la maison, et Toinet, qui avait
maintenant sept ans, aiderait sa
mère qui recruterait au village les
servantes nécessaires. Quant au
mobilier, il en restait assez pour
meubler les pièces que l'on occupait
et l'on ferma les autres en attendant
des jours meilleurs. Pour le service
personnel du Comte, son
ordonnance et un jeune garçon qui
avait servi de guide à l'armée

seraient suffisants. C'est eux qui porteraient le Comte de sa chambre à la salle à manger voisine.

La vie s'organisa ainsi et l'abbé reprit l'instruction de l'enfant, avec beaucoup de méthode et de zèle …

TABLE DES MATIERES

I...7

II. 10

III... 14

IV. 19

V..24

VI. 29

VII..33

VIII. 42

IX...44